Daniela Drescher

Erbsenfee und Einhornschaf

Gedichte für Kinder

Urachhaus

Die Fadenmäuse

Die klitzekleine Fadenmaus
hat ein ganz besondres Haus.
In meinem alten Nähkästchen
wohnt sie mit ihren Nesthäkchen.

Zwischen bunten Fadenrollen
dürfen kleine Mäuse tollen,
und ein alter Fingerhut
steht den Rackern auch recht gut.

»Aber Vorsicht mit den Nadeln!«,
hör ich Mausemutter tadeln.
Autsch! – Da ist es schon gescheh'n!
Ein Pieks im Po – ganz aus Verseh'n!

»Heile Segen ...« Weiter geht's!
Toben, purzeln, Mausefez!
Bänder heddern sich um Beine,
Knöpfe kullern – groß und kleine.

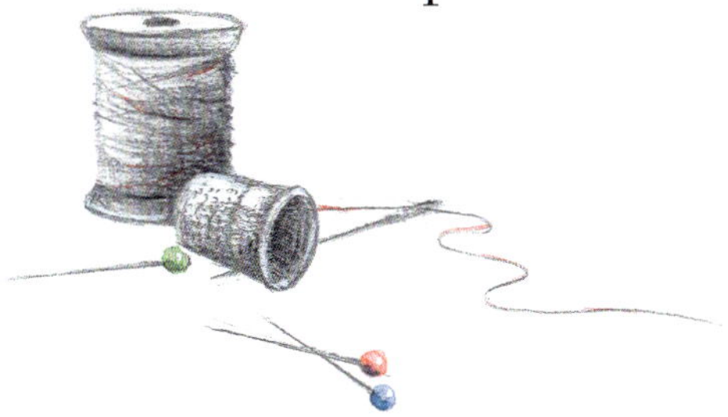

Und der alte Fingerhut –
auch als Trommel ist er gut!
Spulen werden abgewickelt,
feines Garn ums Ohr gehäkelt.

Pfoten weiß von Schneiderkreide,
und ein Turban ganz aus Seide.
Irgendwann jedoch ist Schluss,
denn auch ein Fadenmäuschen muss
aufräumen und Abend essen –
Zähneputzen nicht vergessen!

Dann wird es ins Bett gebracht –
Kleines Mäuschen, gute Nacht.

Von Mut und Zauberei …

Herr von Bingel kommt im Frühling
und sein Herz ist voller Mut.
Denn die Krötenkönigin
gab ihm einen Zauberhut!

Nach den ersten Sonnenstrahlen
war die Kröte aufgewacht,
und hat ohne lang zu fragen
dieses Hutgeschenk gemacht.

Denn für so ein kleines Wesen
kann das Leben und die Welt
manchmal durchaus Furcht einflößen,
was der Kröte nicht gefällt.

Darum legt sie einen Bann
voll Magie um diesen Hut.
Ja, die Kräuterhexe kann
ihre Zauberei recht gut!

Alles, was zum Fürchten groß,
wird auf einmal leicht und klein –
und auf dunklem Schattenmoos
tanzt für uns der Sonnenschein.

Sonnentag im Mai

An einem Sonnentag im Mai
flog eine Fliege hier vorbei.
Über Tulpen und Narzissen,
ach, sie war ganz hingerissen.
Und – von Düften ganz umhüllt –
war ihr kleines Herz erfüllt.

»Carpe diem«, sang sie laut –
hat weder links noch rechts geschaut.
Doch auf dem Blatt im Weiher saß
ein Frosch, der war so grün wie Gras.
Er schnalzte mit der Zunge und –
die Fliege war in seinem Schlund.

Als nun die Fliege weitersang,
wurde es ihm ziemlich bang.
Sie sang von Tulpen und Narzissen,
das schlug dem Frosch doch aufs Gewissen.
Da spuckte er sie wieder aus
und bestaunte seinen Schmaus.

Statt die Fliege zu verspeisen,
lauschte er nun ihren Weisen.
Und bald schon war er so entzückt,
dass er quakte wie verrückt:
»Carpe diem«, tönt es weit –
und sie singen nun zu zweit!

Die Maus und der Otter

»Otter! Hörst du mir mal zu?
Ich bin ziemlich klein, doch du
bist es nicht, und außerdem
ist Wasser dir recht angenehm.
Darum wollte ich dich fragen:
Könntest du mich rübertragen?
Denn der Fluss ist mir zu groß –
für dich jedoch ein Bächlein bloß.«

Ja, das sieht der Otter ein,
denn die Maus ist wirklich klein.
Und er sagt zum Nagetier:
»Auf den Rücken, hoch mit dir!«
Kaum ist der Nager aufgestiegen,
sind sie auch schon am Ufer drüben.
»Ich danke dir, du großes Tier,
ein andres Mal helf' ich dann dir!«

Im Mai

Der Mai ist krabbelig und grün
und hüpfend und so wunderschön.
Die Luft ist voller Lichter
und irgendwie auch dichter.

Fliegen schwirren, Bienen summen,
Mücken tanzen, Käfer brummen.
Echsen sonnen sich auf Steinen,
alles ist jetzt auf den Beinen:

Spinnen, Asseln, Tausendfüßler,
Heupferdchen und Haselrüssler.
Große Teichlibellen surren,
langgestreckte Katzen schnurren,

und ein Mädchen hüpft durchs Gras –
sie heißt Molly Sprenkelnas.

Krax und Hinkebein

Krax, die alte Nebelkrähe
wohnt bei mir ganz in der Nähe.
Und gibt's bei mir Streuselkuchen,
kommt sie mich schnurstracks besuchen!

Denn – *kraxkrakelkrähenfloh* –
sie liebt diese Streusel so.
»Mein Freund Enno«, krächzt die Krax,
»hat sich wohl den Fuß verknackst.

Falls du nichts dagegen hast,
bringe ich ihn mit als Gast.«
»Klar«, sag ich, »komm nur herein,
kleiner Wicht mit Hinkebein.«

Salbe drauf und eingebunden,
und der Knacks ist bald verschwunden!
Einen Stift als Stock vielleicht?
So geht Humpeln doch ganz leicht.

»Danke und – *kraxkrakellaus* –,
jetzt geht's aber schnell nach Haus.
Und gibt's mal wieder Streuselkuchen,
kommen wir dich stracks besuchen!«

»Klar«, sag ich zu Krax, der Krähe.
»Ihr wohnt zum Glück ja in der Nähe!«

Das Murmeltier

Eines Tages vor der Tür
stand ein dickes Murmeltier.
Das sang ein Lied ganz ungeniert,
und ich war ziemlich irritiert.

Es jodelte aus voller Kehle
und berührte meine Seele.
Ich konnte hohe Berge sehen,
über grüne Wiesen gehen.

Adler zogen ihre Kreise,
und noch weiter ging die Reise.
Durch die Wolken und zurück …
Ach! Ich fühlte großes Glück!

Das Lied verklang. Und vor der Tür
da stand kein dickes Murmeltier.
War es denn nur Fantasie?
Oder etwa doch … Magie?

Ratte und Wiesel

Die Bisamratte und das Wiesel
sind beide verliebt, und zwar in die Liesel.
Liesel ist eine ziemlich lahme
und auch recht faltige Schildkrötendame.

Doch das ist den beiden egal. Ihr Entzücken
gilt ausschließlich Liesels gepanzertem Rücken.
»Komm' mit mir zum Bach, dort können wir schwimmen«,
drängt sie die Ratte und ist ganz von Sinnen.

»Nein, nein!«, fleht das Wiesel.
»Komm' lieber zu mir,
ich bin doch ein viel interessanteres Tier!«

Da kommt Jakob durchs Gras mit einem Karton –
die beiden Verliebten sind auf und davon.

»Ach Liesel!«, ruft Jakob, der Junge, und lacht.
»Ich habe mir solche Sorgen gemacht!
Stell dir nur vor, hier gibt's Ratten und Wiesel!
Das ist zu gefährlich für dich, liebe Liesel.«

Hinein in die Schachtel und schnurstracks nach Haus –
und damit ist uns're Geschichte schon aus.

Das Einhornschaf

Wie ich so genüsslich gähne,
streift mich eine Silbermähne.
Und ich werde immer müder,
eine Woge schwappt herüber …
Dann falle ich in tiefen Schlaf
und seh' im Traum ein Einhornschaf.

Wollig weich und ziemlich fett
ist es – und auch wirklich nett!
Wenn es blökt, tönt's silberhell,
Glitzer staubt im Wuschelfell.
Schnaubt es, klingt's wie tausend Glöckchen –
seltsam kleines Einhornböckchen.

Schmatzend grast es auf der Weide,
und hopst lustig durch die Heide.
Doch da schrillt es plötzlich laut –
ich bekomme Gänsehaut!
Das sind nie und nimmer Glöckchen
von dem braven Einhornböckchen.

Immer lauter wird der Ton,
und das Einhorn springt davon.
Langsam steige ich nach oben,
bin noch halb im Schlaf verwoben.
Von weit unten tauch' ich hoch,
und höre nur den Wecker noch.

Es ist Zeit, nun aufzustehen,
kein Einhornschaf ist mehr zu sehen.
Nun, es war ja nur ein Traum –
da trau ich meinen Augen kaum:
Auf dem Kissen glänzt ganz klar
ein silberweißes Einhornhaar!

Der Erbsenwicht

Ach, was für ein Tunichtgut
ist der Kleine mit dem Hut!
Zwischen all dem Grüngekringel
hüpft der freche Erbsenschlingel.

Zupft die Wickel-Wackelschoten
mit seinen weichen Wichtelpfoten.
Hopst auf ihnen rauf und runter,
oh, er treibt es immer bunter!

Da! Jetzt kitzelt er die Blüten,
könnt's ihm jemand bloß verbieten!
Denn die Falterblütendinge
flattern fort wie Schmetterlinge.

Erbsen kugeln hin und her,
durchs Gemüse kreuz und quer.
Ach, was für ein Tunichtgut
ist der Kleine mit dem Hut!

Nein, das geht nun doch zu weit!
Ist denn niemand weit und breit,
der den frechen Erbsenschlingel,
fortscheucht aus dem Grüngekringel?

Pan sei Dank! Da kommt die Fee.
Wunderschön wie eh und je
schreitet sie durchs hohe Kraut.
Der Wicht steht still und staunt und schaut.

Eine Fee, so wunderschön
hat er ja noch nie geseh'n!
Und mit lautem Herzgepoch
steht und staunt er immer noch.

Sie lächelt, und er senkt den Blick,
dann lächelt er beseelt zurück.
Für heut' lässt er das Hopsen sein –
er legt sich hin und schläft gleich ein.

Die Mausefamilie

Ein Fingerzähl-Spiel

Konrad Ludwig Grauemaus
wohnt in unsrem bunten Haus
unter einer Treppendiele
mit der Mausefrau Adele.

Doch – wie soll es anders sein?
Die beiden sind dort nicht allein.
Auch die vielen Kindermäuse
wohnen in dem Mausgehäuse.

Erich ist zuerst geboren –
du siehst es an den großen Ohren.
Dann kommt gleich der freche Sven
mit dem Zwillingsmauser Ben.

Damit wären es schon drei.
Nummer vier ist Lorelei.
Fünf ist Fipsi Seidenhaar,
ihr Fell glänzt wirklich wunderbar!

Sechs und Sieben und die Acht
hören wir die ganze Nacht.
Denn sie singen Seemannslieder,
schrill und schief – und immer wieder.

Neun, das Mausemädchen Suse,
liebt ihre rosa Blümchenbluse.
Und Nummer zehn, der dicke Klaus,
ist die jüngste graue Maus.

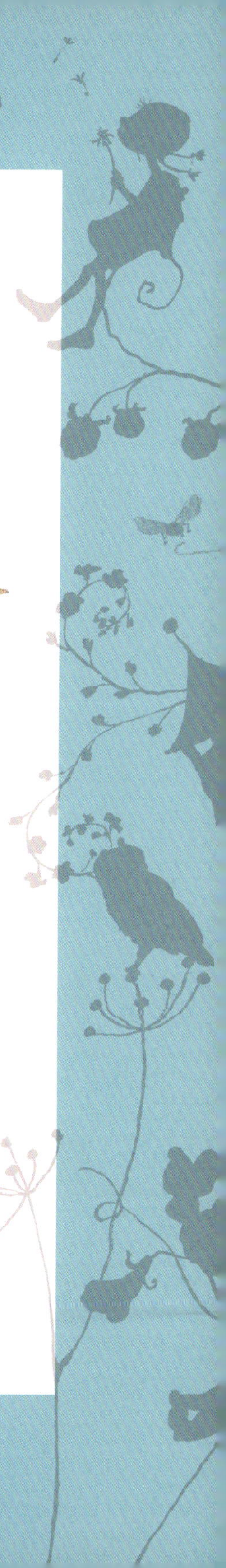

Die Made

In einem dicken Pilz mit Hut
wohnt eine kleine Made.
Leider geht's ihr gar nicht gut,
und das ist wirklich schade.

Sie mampft und schmatzt nicht mehr – o je!
Wird dünn und immer dünner.
Trinkt nicht mal mehr Kamillentee,
und jeden Tag wird's schlimmer.

Dann erfahr ich ihren Kummer:
Verliebt ist sie, das arme Ding!
In eine Raupe, doch der Brummer
entpuppte sich als Schmetterling.

Tags darauf erinnre ich:
War nicht neulich bei den Pflaumen
ein kleiner, dicker Maderich?
Ich gehe hin und kann nur staunen.

Denn genau, wie ich's ersonnen,
sitzt er schon beim Mägdelein.
Hat längst ihr kleines Herz gewonnen
und sagt leis: »Ich bin ganz dein.«

Flopsi, die Fledermaus

Flipsi Flopsi Fledermaus
flattert in die Nacht hinaus.
Doch Flopsi fliegt nicht flink und flott –
nein, eher wie ein Schusselpott.
Sie taumelt um den Kirchenturm,
gerade so, als wäre Sturm.

Rumpelt gegen Dachgeziegel,
wirbelt über Häusergiebel,
streift mit einem Flederbein
ein furchtbar altes Schorngestein.
»Flopsi, das war knapp vorbei!
Probier's nochmal, und zwar auf drei!«,

schlägt Ruprecht vor, die Schornsteineule,
und pfeift dazu ein Nachtgeheule.
»Mach ich!«, ruft die Fledermaus
und saust noch einmal rund ums Haus.
Eins, zwei, drei! – schießt sie hinein,
in Ruprechts alten Hausschornstein.

Es rumst und knallt und klirrt und kracht,
und dann ist wieder stille Nacht.
»Flopsi, alles klar bei dir?«,
fragt das alte Eulentier.
»Alles klar, es tut mir leid.
Das nächste Mal flieg ich gescheit.«

»Ach Flopsi, kleine Fledermaus!
Das ist doch nur ein Schornsteinhaus.
Nur weiter so, du machst das gut,
denn zum Fliegen braucht man Mut!
Und bei jedem Mal, wirst sehen,
wird es etwas besser gehen.
Unter allen Fledermäusen
in allen alten Turmgehäusen
hat auch das kleinste Flattertier
gelernt zu fliegen, glaube mir!«

Geburtstags-Segen

Zum Geburtstag Glück und Segen
und auch etwas Zauberregen!

Dreh zurück die Kuckucksuhren
und folge stets den Einhornspuren.

Küss verwunschne Gelbbauch-Unken,
fange dir die Himmelsfunken.

Lausche Vögeln in der Hecke,
Streichle jede Schnirkelschnecke.

Mottenstaub im Sonnenschein!
Dieser Tag soll magisch sein!

Ole Winterwicht

Tap-tap-tap! Durch tiefen Schnee
ziehen Spuren kreuz und quer.
Fuchs und Hase, Maus und Reh,
und noch jemand – aber wer?

Es ist Ole Winterwicht,
und er bringt um diese Zeit
im schneegeflockten Sternenlicht
ein kleines bisschen Ewigkeit.

ISBN 978-3-8251-5146-1

Erschienen im Verlag Urachhaus

Gestaltung: Uschi Weismann
Gesamtherstellung: Grafisches Centrum Cuno, Calbe